Tucholsky Wagner Zola Scott Sydow Freud Schlegel
Turgenev Wallace Fonatne
Twain Walther von der Vogelweide Fouqué Friedrich II. von Preußen
Weber Freiligrath Frey
Fechner Fichte Weiße Rose von Fallersleben Kant Ernst Frommel
Richthofen
Engels Fielding Hölderlin
Fehrs Faber Flaubert Eichendorff Tacitus Dumas
Eliasberg Ebner Eschenbach
Feuerbach Maximilian I. von Habsburg Fock Eliot Zweig
Ewald Vergil
Goethe Elisabeth von Österreich London
Mendelssohn Balzac Shakespeare Dostojewski Ganghofer
Lichtenberg Rathenau Doyle Gjellerup
Trackl Stevenson Hambruch
Mommsen Tolstoi Lenz Droste-Hülshoff
Thoma Hanrieder
Dach von Arnim Hägele Hauff Humboldt
Verne
Karrillon Reuter Rousseau Hagen Hauptmann Gautier
Garschin
Damaschke Defoe Hebbel Baudelaire
Descartes
Hegel Kussmaul Herder
Wolfram von Eschenbach Schopenhauer
Bronner Darwin Dickens Rilke George
Melville Grimm Jerome
Campe Horváth Aristoteles Bebel Proust
Bismarck Vigny Barlach Voltaire Federer Herodot
Gengenbach Heine
Storm Casanova Tersteegen Grillparzer Georgy
Lessing Gilm
Chamberlain Langbein Gryphius
Brentano
Strachwitz Claudius Schiller Lafontaine Kralik Iffland Sokrates
Bellamy Schilling
Katharina II. von Rußland Gerstäcker Raabe Gibbon Tschechow
Löns Hesse Hoffmann Gogol Wilde Gleim Vulpius
Luther Heym Hofmannsthal Klee Hölty Morgenstern
Roth Heyse Klopstock Kleist Goedicke
Luxemburg Puschkin Homer Mörike
La Roche Horaz Musil
Machiavelli Kierkegaard Kraft Kraus
Navarra Aurel Musset
Lamprecht Kind Kirchhoff Hugo Moltke
Nestroy Marie de France
Nietzsche Nansen Laotse Ipsen Liebknecht
Marx
von Ossietzky Lassalle Gorki Klett Ringelnatz
May Leibniz
vom Stein Lawrence Irving
Petalozzi Knigge
Platon Kafka
Sachs Pückler Michelangelo Kock
Poe Liebermann Korolenko
de Sade Praetorius Mistral Zetkin

Der Verlag tredition aus Hamburg veröffentlicht in der Reihe **TREDITION CLASSICS** Werke aus mehr als zwei Jahrtausenden. Diese waren zu einem Großteil vergriffen oder nur noch antiquarisch erhältlich.

Symbolfigur für **TREDITION CLASSICS** ist Johannes Gutenberg (1400 — 1468), der Erfinder des Buchdrucks mit Metalllettern und der Druckerpresse.

Mit der Buchreihe **TREDITION CLASSICS** verfolgt tredition das Ziel, tausende Klassiker der Weltliteratur verschiedener Sprachen wieder als gedruckte Bücher aufzulegen – und das weltweit!

Die Buchreihe dient zur Bewahrung der Literatur und Förderung der Kultur. Sie trägt so dazu bei, dass viele tausend Werke nicht in Vergessenheit geraten.

Vigilien

Stanislaw Przybyszewski

Impressum

Autor: Stanislaw Przybyszewski
Umschlagkonzept: toepferschumann, Berlin

Verlag: tredition GmbH, Hamburg
ISBN: 978-3-8424-1052-7
Printed in Germany

Stanislaw Przybyszewski

Vigilien

An mein Weib

I.

Gestern ist sie von mir gegangen. Da saßen wir vor diesem Tisch und starrten uns an. Am Tage waren wir ausgegangen, versuchten fröhlich zu sein, tranken Wein, sprachen uns sehr freundlich an, aber in uns war erwartungsvolle, schwüle Stille. Wir wußten beide: jetzt müssen wir uns auseinandersetzen, jetzt ist der Augenblick gekommen.

Ich war sehr ruhig. Nur einmal bin ich ähnlich ruhig gewesen und erinnerte mich jetzt daran. Damals hatt' ich meine wissenschaftliche Zukunft geopfert, um Künstler zu werden. Es war schwer, sehr schwer. Weder der Vater, noch irgend jemand wollte etwas davon wissen. Und ich wußte selbst, was kommen würde; Not und Elend. Aber ich mußte. Der Künstlerwille war zu stark. Und so tat ich es. Eine stille Mondnacht war es, das Silberlicht füllte mein ganzes Zimmer; plötzlich war ich aufgewacht und setzte mich mit reifem Entschluß im Bette hoch. Ich empfand nichts, hatte keinen einzigen Gedanken, war mir meines eigenen Beschlusses durchaus nicht bewußt; ganz naiv, wie ein grausames, unabwendbares Verhängnis empfand ich nur jenen Willen. Er kam von außen, er legte sich auf mein Gehirn; wie ein Riesenkeil zerschob er alle Gründe, die mir mein Bewußtsein gegen mein Gelüste aufgeschichtet hatte. Ich fühlte mich unschuldig meiner Zukunft, überantwortet dem Schicksal; ich freute mich, daß meine eigene Willenstätigkeit mir abgenommen war.

O diese Ruhe, diese stiere, starre, empfindungslose Ruhe, wenn sie jetzt nur wiederkommen möchte: so friedsam brütend.

Wir saßen uns gegenüber. Sie war unruhig, nervös; sie wußte, was jetzt kommen, unfehlbar kommen mußte.

Überrock und Handschuh hatt' ich abgeworfen, den Hut hatte ich noch auf dem Kopfe, ich drückte ihn mir fester in die Stirne. Ich fühlte ihn wie einen Reifen, und das tat mir wohl; es kam mir vor, daß sonst mein Kopf zerplatzen müßte.

Meine Stimme vibrierte; im Halse fühlte ich ein eigentümliches, unheimliches Würgen, und um die Mundwinkel zuckte es mir schmerzlich.

Ich sah meine Finger unstet auf dem Tisch herumfühlen.

Plötzlich fesselte mich ein Kuvert mit einer wild orangeroten, seltsamen Marke; auf dem Kuvert in festen, zerhackten Schriftzügen mein Name. In diesem Augenblick jedoch war mein Name mir vergessen, ich sah etwas fremdes, wildfremdes, und wunderte mich, wie dies Kuvert auf meinen Tisch zu liegen kam.

Nun drückt' ich mir den Hut noch tiefer in die Augen und sah sie halb im Traume an.

Etwas wie boshafte Schadenfreude glaubte ich in ihren Augen gesehen zu haben, gemischt mit einer lauernden, beinahe schmerzlichen Spannung.

Eine Weile verging; ich fing an mich zu sammeln.

Niemals bohrte sich mein Blick tiefer in ein menschliches Auge, gieriger in eine Seele; ich fühlte deutlich die Gewalt des Blickes, er machte meinen eigenen Augen Schmerz.

Verlegen, mit boshaftem Lächeln, versuchte sie ihn auszuhalten, dann wich sie aus. Ich empfand ein leises künstlerisches Entzücken an den langen, schlaffen Wimpern ihrer Augenlider; wie seh' ich deutlich diese schlaffen, adlig müden Lider mit den langen Wimpern.

– Du! Ein Wort...

Ich sprach gemessen, beinah' mit pedantischer Würde; ein kindliches Gefühl, wie edelmütig ich im Grunde sei, rührte mich fast bis zu Tränen.

– Ja, und? ...

– Du, ganz europäisch und objektiv ...

– Ja selbstverständlich ...

Es war ja ihre schwache Seite, das Europäische und Objektive; sie schwärmte für die männliche Intelligenz, die etwas objektivieren kann.

– Hör' mal ... Wieder empfand ich das eigentümliche, zitternde Würgen. Meine Stimme wollte umkippen. Ich stand auf und trank ein Glas Wasser. Wieder setzt' ich mich; die Rolle eines objektiven, edelmütigen Richters gefiel mir.

– Wir wollen vernünftig sein und vor allen Dingen uns ganz ruhig aussprechen – meine Stimme wurde immer fester und härter – ganz ruhig, mein' ich; nicht wahr? Was sollen wir uns quälen? du liebst mich nicht mehr, ich verstehe es sehr gut, unser Verhältnis hatte keine Ansprüche auf Ewigkeit. Übrigens hast du das Recht, einen andern zu lieben, das ist selbstverständlich; ich nehm' es dir nicht übel. Unsere Instinkte sind so ziemlich von uns unabhängig.

Sie schwieg und sah mich prüfend an; etwas wie Trotz stach aus ihren Augen, ein frecher Trotz, ein kühnes Eingestehenwollen, ganz so, wie man Vorwürfen begegnen will. Aber ich hatte keine Vorwürfe, ich sprach nicht gereizt, nur eine unendliche, würgende Traurigkeit wand sich in mir, die Gelassenheit eines, der das Verhängnis über sich, um sich, in jeder Handlung, jeder Willensäußerung erkannt hat.

Der Ausdruck ihrer Augen veränderte sich; nichts als Mitleid und die Ungeduld, endlich einmal zu Ende zu kommen, sah ich nun in diesen Augen.

Ich schob meinen Hut zurück, goß Spiritus in die Teemaschine und sprach trocken, abgerissen, fast geschäftlich:

– Ich hindere dich nicht, ich stehe dir garnicht im Wege, ich habe ihm das auch schon mitgeteilt, du kannst gehen ...

Sie stand auf, halb trotzig, halb beschämt, nahm ihren Mantel und Hut und wollte gehen.

– Du, einen Augenblick ... Ich sprach ganz ruhig, erkünstelt, beinah' mit herzlichem Entgegenkommen.

– Wir scheiden nicht als Feinde, wir sind Kameraden; denk dich doch mal in die Rolle eines meiner männlichen Kameraden hinein. Siehst du, ich meine das Technische an der Geschichte: Geld, Kleider und ähnliches. Das Technische ist immer die große Hauptsache.

Ich versuchte freundlich zu lachen.

– Ich denke, das beste wird sein, daß du gleich gehst; deine Sachen schick' ich dir nach. Um offen und europäisch zu sprechen, nämlich, siehst du, kann ich nicht mehr länger zusammen mit Dir bleiben; man kann alles verstehen, aber so bleibt doch immer so ein Vorurteil, eine Idiosynkrasie, so ein malgré tout ...

Meine Stimme brach allmählich, ich fing an zu beben, noch ein Wort und ich hätte mich nicht länger halten können. Meine Hände sah ich in zweckwidrigen Bewegungen nach etwas suchen, autonom, ohne bewußten Willensantrieb.

Tränen rollten über ihre Wangen – Tränen, wie sie nur Frauen haben; sie kommen so mir nichts dir nichts, irgendwelche physiologische Nebenwirkung ist nicht zu bemerken, es kommt beinah wie Schweißtropfen.

Sie versuchte mich zu beschwichtigen:

– Aber glaub' mir doch; willst du mich durchaus los werden, so geh' ich, aber meine Liebe zu dir hab' ich nicht verloren ....

Der Schlußsatz interessierte mich; wie wunderbar sie das »Ich liebe dich« umschrieben hatte. Sie wußte, daß ich dabei aufgelacht hätte. Übrigens war sie ihrer Lüge sich sehr gut bewußt; es kam so zaghaft, wie ein verzweifelter und eigentlich sinnloser Versuch.

Ich lächelte sehr überlegen.

– Nein, laß nur, laß; Du hast zu viel Ehrlichkeit im Leibe ... Und wieder lächelte ich: die »Ehrlichkeit im Leibe« kam mir so bedeutsam und so trivial vor.

– Laß; es würde doch zu nichts führen. Ich werde allein mit meinem Kinde bleiben, vielleicht wird es mich lieben; ich war niemals geliebt, ich war immer allein.

Ich hatte boshafte Lust, sie zu quälen, ihr den Abschied ein klein bißchen schwer zu machen; aber dies Gefühl war so mit Selbstbedauerung vermischt, daß ich große Mühe hatte, nicht loszuheulen.

Sie machte Miene, sich um meinen Hals zu werfen.

Plötzlich verspürte ich etwas wie Ekel, wurde kühl und sehr freundlich.

– Du darfst nicht glauben, daß ich sehr leide, oh nein; ich habe Gehirn genug, um dich und mich und unser Verhältnis objektivieren zu können.

Jetzt fing ich an sehr müde und resigniert zu sprechen; ich suchte instinktiv einen starken Eindruck hervorzurufen.

– Nein, im Gegenteil; ich empfinde eine große, ästhetische Freude, wenn ich Euch beide ansehe. Ihr paßt so wunderbar zusammen!

Sie weinte.

– Herrgott, so sei doch vernünftig; wir sind doch sozusagen freie Menschen, nicht wie Sklaven aneinander gebunden.

Ich zitterte; in jedem Augenblick müßte ganz spontan ein fürchterlicher Ausbruch kommen, mit Krämpfen oder dergleichen. Ich riß meine Augen weit auf, legte die Stirn in tiefe Falten, ich spannte meine Muskeln an, um diesem Anfall zu begegnen, aber mein Kopf wurde schwer, das Eigenlicht wurde zu glänzenden Feuerschlangen, jetzt, jetzt ...

Nein, es verging.

Ich atmete auf.

– Du, wir sind Kameraden; ich werde dir etwas Geld leihen, und dann gehen wir ganz ruhig auseinander, wie es freien, vernünftigen Menschen geziemt.

Das »geziemt« gefiel mir sehr gut, es erinnerte mich an die wohlüberdachte, dozierende Professorensprache; ganz wunderbar.

Sie schwieg eine Weile.

– Aber das Kind?!

– Laß, ich werde es gut erziehen, deinem Glücke würde es im Wege stehen, es wird es gut bei mir haben, sehr gut, und – es wird mich lieben ...

Ein Sprühregen von flüssigem Feuer tanzte in meinen Augen, mein Kehlkopf kam in Krämpfe, meine Stimme brach vollständig, ein unheimlicher Fistelton stieg mir pfeifend aus der Brust, jetzt ist es da ... Nein, wieder verging es.

Ich überbot mich in Edelmut.

Ganz leise schob ich ihr eine Banknote in die Hand, die ich die ganze Zeit lang krampfhaft zerknittert und halb zerrissen hatte.

Wir standen uns eine Weile gegenüber. Vor meinen Augen war es wie ein feuchter Nebel; ich sah sie nicht.

– Nun, auf Nimmerwiedersehn –

Ich bewunderte mich, daß ich so brav war, aber plötzlich wurde es auf einen Augenblick ganz dunkel in meinen Augen, der Boden wankte unter mir, wich mir aus, ich sank und sank ...

Alles übrige tat ich automatisch; ich weiß nur, daß ich etwas getan habe, daß plötzlich ein frischer Luftzug mich sehr unangenehm berührte. Als ich wieder zu mir kam, fand ich mich in meinem Atelier allein.

Ich setzte mich an meinen Schreibtisch, öffnete ein Buch und las; las wohl zwei oder drei Seiten, ohne mich zu unterhalten oder zu langweilen, ich verstand nämlich nichts, nicht ein Wort.

Mein Kopf war leer, alle Gedanken wie ausgefegt.

Raumlose Klarheit! hörte ich mich etliche Male wiederholen.

Darauf entkleidete ich mich, legte mich ins Bett, wobei ich den Bettschirm zurechtschob, und schlief ein.

Plötzlich wacht' ich auf.

Es war mir, als ob jemand die Treppen heraufkäme.

Ich setzte mich hoch, und mit unsagbarem Entsetzen hört' ich einen Riesenleib sich über berstende Treppen ächzend und keuchend heraufarbeiten. Ich hörte nur Krachen und Bersten und Ächzen, und plötzlich, mit einem Ruck, wurde die Tür aufgerissen, ein Teil der Wand flog weg, und herein trat ein wandelndes Lichtmeer; alles schwamm im Lichte, alles versank, floß zusammen, tauchte unter in dieser gräßlichen Lichtatmosphäre.

Licht goß sich in meine Kehle, Licht brannte mir meine Finger auf, ich erstickte, ich ging unter in diesem Lichte.

Ich riß mich auf.

Deutlich sah ich sie vor mir, schlaftrunken streckte ich ihr beide Hände entgegen: nur eine Sekunde, nur ein Tausendstel einer Sekunde ihren Leib an meinem fühlen! nur einen Hauch ihrer Körperwärme, nur von weitem, ein Vorüberstreifen nur, einen Hauch an mir entlang, einen Hauch von dieser fliederweichen, kühlen Körperwärme!

Meine Hände wollten qualvoll aus den Gelenken heraus.

Eine wüste Raserei befiel mich; ich grub mich mit den Nägeln in meinen Körper, ich schlug mit wütenden Fäusten gegen meinen Kopf:

O Gott, allmächtiger, barmherziger Gott!

Endlich wurd' ich ruhiger, ich fing an laut zu sprechen; es war mir eine Freude, mich in dieser tauben Einsamkeit sprechen zu hören. Und ich flennte wie ein Kind, und winselte wie ein geschlagenes Tier, und bat und bat, und stürzte mich auf die Knie und rang die Hände, wild, wüst, krank.

– O komm, komm; lege Deine warmen, weichen Hände an mein Herz! O, sieh', ich bin krank und brauche Liebe und Wärme; oh, komm, lege behutsam Deine weichen Hände um mein Herz.

Ich sah mich mit einem Male in der Kirche, ich sah mich als Knaben in der unendlichen Atmosphäre gottbegnadeter Seligkeit, einer Seligkeit von weicher Seidenwolle, gesponnen aus leise fächelnden Rhythmen, oh ja – damals, als ich das erste Mal die heilige Kommunion genoß: das Glück, das wunde, heilige Glück des Gottgenusses.

Mein Herz wurde zum Gottesleibe, zur gottesewigen Hostie.

– O komm, lege behutsam Deine weichen Hände um die Hostie meines Herzens, komm und nimm ein seidenes, goldgesticktes

Priesterornat um Deine Schultern, und jetzt recke Deine Hände empor, langsam in gemessener, würdevoller Bewegung.

Wir stehen vor der Kirche, auf den Stufen der gen Osten gerichteten Kirche. Zuckende, flirrende Mittagshitze um uns, Korngarben ringsum auf den Äckern, golden glänzt das Stoppelfeld, und weit im Hintergrunde uns entgegen, in dem schwülen Nebelflor der alles aufsaugenden Hitze, gähnt der schwarze Waldsaum.

Und über der Mittagshitze, über den goldenen Garben, in Deinen Händen zuckend, blutend, ragt die Hostie meines Herzens.

Und die Welt bebt, still neigt sich rings der Brotsegen des Korns, schauernd rauscht der Wald:

Tantum ergo sacramentum!

Ich zitterte, alles um mich zitterte in kreisenden Schauern, ich griff mit beiden Händen um meinen Kopf, ich betastete meinen Körper: die Vision verschwand, ich wurde langsam ruhiger ...

Ich zog mich notdürftig an.

Das Mondlicht fiel in dichten, breiten Strahlengarben durch die achtzehn Scheibenquadrate des Atelierfensters; ringsherum, in Silberglanz getaucht, standen auf den Staffeleien meine Bilder.

Dort traf ein schamlos nackter Sphinxblick meine Augen; von dort her wand sich mir durch mein Gehirn ein Strahl, geboren aus den Augen einer blassen, hysterischen Serpentinetänzerin; aus der Ecke krochen wie ein körperlicher Wollustschauer die Reize einer trunkenen Hetäre auf mich zu.

Ich fühlte wieder meinen Kopf anschwellen; maßlos. Ich war nicht mehr die blöde, in Raum und Zeit begrenzte Persönlichkeit; ich wurde die reine, nackte Individualität, so alt wie alle Welten zusammen, so endlos wie die Weltenräume alle.

Und in sprühendem Gischte sah ich die Jahrhunderte und Jahrtausende in einen endlosen Abgrund stürzen, etwas kam von beiden Seiten, das den ziellosen Raum einengte, und weit und breit schweifte mein unsterblicher Blick über die Gefilde der Mutterlande. Ich sah in endlosem Aufbau die ganze Kultur zum Himmel ragen, und weit und breit lagen die Fundamente meinem Auge sichtbar: die Herrschaft des Weibes – das Matriarchat.

Und deutlicher und sicherer fühlt' ich meiner Bilder Sinn. Die Landschaft da entformte sich zu einem tiefen, tief abgründigen, rätselhaften Auge. Aus dem Meeresstrande tauchte ein weißer, glänzender Riesenleib; wie eine Wunde quoll ihm aus der Abenddämmerung der lüsterne, mystische Mund. Aus allen Rahmen meiner Bilder tauchte das Weib hervor, der kosmische Weltwille, die Allmutter, die Herrscherin:

Mylitta, die babylonische Hure, die niemals ein Verlangen stillte, die den Begnadeten den Flammen preisgab –

Isis, die eine Sonne in unbefleckter Empfängnis gebar: kein Sterblicher hat ihr die Röcke hochgehoben! Isis, die Mutter der Könige, Gattin des Mondstiers, die heilige Kuh, die Königin der ganzen Erde –

Athene, die niemals die Dunkelheit des Mutterschoßes sah, geboren aus dem lichten Gefilde des Gehirnes –

Die heilige Jungfrau der teutonischen Wälder, in der sich Odins Schöpferwille offenbarte –

Und Du, du höher als Isis, heiliger als Athene, weil dich Mein Gehirn geboren hat: Ich Dein Erzeuger und Dein Sohn, Ich habe mit den Mutterbrüsten meines Gehirnes dich großgesäugt, ich an Deinen Brüsten mich großgesäugt: du Mutter meiner Seele, du mein Kind!

Hohn dir, alter Jahväh – warum hast du gelogen, als du sprachst: in Schmerzen wirst du deine Kinder gebären, unter dem Willen deines Mannes wirst du stehen, und er wird dich unterjochen –

Hohn dir, Hohn! denn über alles Seiende, trotz deiner Worte, herrscht das Weib! –

II.

Und ich sitze und sitze und brüte, warum mußte ich dich lieben?

Und eine Stimmung wird in mir lebendig, die mein Innerstes, mein Tiefstes in regenbogener Lichtpracht nach außen reflektiert.

Ich stehe in der Kirche. Abenddämmerung. Tiefe, tiefste Stille. Stille in dem kauernden Erwarten, Stille in dem schwülen Rausch der Weihrauchdüfte, Stille in dem dumpfen, unterirdischen Orgelbrausen.

Dicke, schwarze Schatten von den steinernen Säulen: geheimnisvolle, uralt mystische Riesenschatten, scharf umrissen am Hochaltar, in einer Flut von Kerzen strahlt er, weich verschwommen im Mittelschiff, und sanft zusammenfließend mit der lauen, wollustsüßen Dämmerung unter dem Orgelchor. Und wie ein wachsendes Zittern geht es durch die Kirche, wie ein leises, schauerndes Entsetzen, und jäh und plötzlich wird die Stille zerbrochen, mächtig dröhnen Orgeltöne, und aus der kauernden, keuchenden Erwartung erlöst sich ein Lied, so tief, so sehnlich, so schwellend: *Salve Regina!* –

Und wieder Nacht. Der Himmel beglänzt, o so beglänzt, wie die weite Niederung da unten unter der Brücke, auf der die eisernen Züge rasen. Millionen Lichter, eines an das andere gepflanzt, in seltsamen Linien, vielfältigen Farben, unter- über einander, eine weite Wiese mit leuchtenden Blumen.

Und Duft von Rosen wie weiches Nebelleuchten durch die laue Sommernacht. Ein Zug von Menschen mit Kerzen in den Händen, und ein Verhängnis über ihren Köpfen, und wieder Gesang, Gesang in unendlich tiefen, monotonen, halbverhaltenen Tönen, kauernden Tönen, die explodieren können, die das Gehirn mit ihrer schmerzlichen Wut zerreißen können.

Und das Lied wird zur Linie, Düfte werden zu Flächen und die Stimmungen zu Farben, ein seltsam verwirrtes Gemenge von Farben, Linien, Düften, aber immer die eine Stimmung, der eine Stimmungstrieb.

Und in den Tiefen, da wird die Stimmung, die mein Herz in Beben und Erschüttern brachte, zu der Fläche, dieser seltsam weichen, leise ausgebuchteten Fläche deiner Wange von den Backenknochen bis zum Rand des Kinns. Und in der Tiefe wird der kauernde Gesang zu der Sehnsucht deiner Sprache – oh, ja, ja ...

Ich bin ein Knabe, ein schwacher, zarter Knabe von vierzehn Jahren.

Blaue Fernen vor mir, weißblau flimmernde Fernen. Die Sonnenhitze schwillt dumpf an, sie sengt den Boden, auf dem Seespiegel steht sie mit flirrenden, stechenden Lichtern, und über mir aufschießend, steil geästet, ragt die Wipfelspitze einer Pappel.

Irrend schwimmen meine Knabenaugen in die blauweiße Ferne, in die flirrende, flimmernde, weiße Hitze, und in heißer Brandung schwillt das Blut zum kochenden Strom.

Dies Flirren und Flimmern der Sommerhitze, das hattest Du, Du unter den wollustseligen Augen – damals, als du heiß und glücklich in meinen Armen lagst.

Da vor mir das Gemälde, das du so geliebt hast: eine dürre, trübe Fläche, gelbe Grashalme und ausgedörrtes Unkraut. Ein Bach mit Binsen bewachsen, ein stiller, flacher Bach, mit den herrlichen Himmelsreflexen der beginnenden Abendröte. Paar struppige Weiden mit vertrockneten Ästen steh'n am Bach, und im Hintergrunde, im schwachen Nebel zerfließend, eine Hütte, halb zerfallen.

Das bist Du!

Und ich sehe den Himmel zerfließen in allen Farben, in allen Gluten, in wolkigem Wechsel, in fliehender Hast. Gelbgrün an den Rändern, aschfarben über dem purpurvioletten Horizontrand, und von Osten nach Westen ein zackiger, tausendfach gebrochener Ring von gelbem Purpur: eine breite klaffende Wunde auf der Riesenstirn des Himmels.

Den Himmel seh' ich und den schwindenden, weißen Tag. Die Wunde wird breiter, zum feurigen Gangrän, zum Abgrund geronnenen Blutes. Um sie herum der Himmel matter und matter, und dunkler und tiefer der aschfarb'ne Erdschatten, von zuckenden, goldnen Reflexen zerrissen, und allmählich dunkelt alles nach, tiefer und tiefer in ein schweres, schwarzes Blau hinein.

Das bist Du!

In meinen Ohren klingt ein Lied; schwarzgrauer Tiefton, gesprenkelt mit hellblauen Lichtern. Da plötzlich von hinten nach vorne eine Schlange von heißem, begehrlichem Lachen in kreischender, jauchzender Bewegung.

Aus deinen Augen sprangen manchmal diese weichen, schillernden Schlangen an mein Herz. Sie umringelten es, sie rieben sich wollüstig an ihm und legten sich züngelnd in seiner weichen Wärme schlafen.

Und meine Kunst, das bist Du. Und das heilige Werkzeug, das mir alle Töne der Erscheinungswelt auf diese eine Dominante abgestimmt hat, das bist Du. Und Ich bin Du!

Und weil du die Fläche zu meinem Liede warst, und weil du mir die Linien meiner Erlebnisse lebtest, und weil du die Farbe meiner Düfte bist, mußte ich dich lieben ...

Bevor ich dich sah, warst du in mir; bevor ich dich in meinen Armen hielt, lebtest du in meinen Farben, zucktest du aus meinen Tönen, und wie ein Abendlicht mildernd und versöhnend lagst du über meinen Erlebnissen, lagst und leuchtetest hinein mit seltsamen Augen, und wobst sie mir mit weichen, leuchtenden Händen zu einer mystischen, verhallenden, zerfließenden Melodie.

Bevor ich dich sah, lagst du so in unbefleckter Reinheit als ein Urbild keusch in meinem Gehirn, eine rein angeschaute Idee, du heilige Jungfrau, die niemals die Dunkelheit des Mutterschoßes sah. Noch war mein Geschlecht aus dir nicht geboren: nur eine große, reine Wollust schöpferischer Sehnsucht.

Und da kamst du!

Und in einem Nu hattest du die Fäden zwischen meinem schaffenden Gehirn und der schlummernd brütenden Tierseele des Geschlechtes gesponnen, tausend Verbindungen eingefädelt zwischen deinem Leibe, den brünstig mein Geschlecht umfing, und meiner Gehirnidee; und Du Geschlechtstier bist mit Dir, dem Urbild meines Hirnes, in einandergeflossen und wurdest eine große Einheit, eine heilige Synthese von fleischgewordenem Worte, das herrliche Eden, darein das Anfangslose sich verkleidete.

Und das war meiner Kraft werdender Frühling, das war meiner Macht aufblühender Stolz, denn du warst mir die purpurne, ahnende Bangigkeit des Zwielichts und die zitternde Farbenunruh' des jungen Tages, die jeden Nerv mit heißer, beglückender Frühpracht sättigt.

Und du sitzest auf meinen Knien. Warme Dämmerung im Atelier. Nur hier und da taucht wie ein glänzender Fleck ein Gegenstand hervor. Draußen wiehert der Dezemberwind, Schneeflocken schlagen eisig gegen das Fenster: windige, schneidende Kälte. Aber in dem großen Kamine vor uns knistert lustig das Feuer und wirft Purpurscheine auf dein Gesicht, herrlich purpurgelbe Flecke, wie die untergegangene Sonne der Erde ihre letzten Abschiedsgrüße zuwirft. Du auf meinen Knien, und in meinen Händen hab' ich deine kleinen Füße und halte sie gegen das Feuer; weißt du, ganz so lag ich als Knabe auf dem Schoß meiner Mutter, wenn ich Husten bekam, ganz so hielt sie meine Füße gegen das Feuer und rieb mir die Sohlen mit Zwiebeln ein.

O, ich liebe dich! liebe dich als meine Kunst in Farbe, Ton und Wort, ich liebe dich als meiner Vorzeit endlose Vergangenheit, ich liebe dich als den Geruch meiner Heimatserde, als meiner Kirche mystischen Rausch, aber über alles lieb' ich dich als meinen kosmischen Sehnsuchtsschmerz, als meine höchste Lebensbejahung in meiner gräßlichsten Qual, in meinem Siechtum, meiner Ohnmacht.

Die Uridee, die dich geboren hat, aus der mir meine Kunst gewachsen ist, hast du zerstört: auf tausend Wegen, in tausend Fäden floß jeder Eindruck in den Abgrund des Geschlechtes, und was makellos im Gehirne wuchs, erstarb in der geschlechtlichen Sehnsucht nach dir.

Aber meine Qual war dein Recht!

Dazu meine Vergangenheit, daß ich durch dich die Ewigkeit fortpflanzte. Dazu die Farben, Töne, Linien, daß ich in erlesenster Zuchtwahl dich aus allen Weibern der Erde wählte, dem Grundgesetze der Natur Genüge zu tun.

Und die Kunst, die erbärmliche Kunst! Eine Spielerei, die das Geschlecht mit dem Gehirne treibt! Die ganze menschliche Kunst: ein Liedchen, das nicht mal ein Weibchen anlocken kann, ein Bild von Farbenpracht, das doch nicht mal die Macht von einem Pfauenschwanz erreicht!

Doch wozu? wozu Vernunft, wozu Raisonnement? Die Sehnsucht blieb, die große Sehnsucht ...

Verschwunden ist mir das Weib mit ihrer Mission und ihrer Kulturmacht, verschwunden du mit dem Geheimnis meiner Individualität, dem Sinn meiner Kunst, dem Willen meiner Ewigkeitsbegierden – nur eines blieb: das Riesensymbol, das nun mein Weib geworden ist: die Sehnsucht.

Die Sehnsucht, die im Künstler zeugt, die die Hände zu Gott emporringt, die das Gehirn im Triebe nach Erkenntnis sich zerquälen läßt; die schmerzhafte, ewige Sehnsucht des Daseins: aufjauchzend, aufwirbelnd in heißen Stürmen, wühlend mit tausend glühenden Nadeln, zerstörend, vermählend und wieder zerstörend, in ewigem Gleichmaß, ewiger Unrast, ewiger Qual und Seligkeit.

III.

Um dein Haupt ein Kranz welker Blumen wie ein Gurt erloschener Sterne, und dein Antlitz strahlt von den Spuren einstiger Schönheit.

An deine Füße brandet in wilden, zerschäumenden Wogen die Flut meines Lebens, und wie ein Wirbel kreist um dich die kranke Brut meiner Seele.

Mit grauen Flügeln schlägt um dich mein Schicksal rauschende Ringe, du meine Wiege, du mein Sarg.

Aus dem Meere meines Urgrunds bist du emporgestiegen, in der gebrechlichen Perlenmuschel meines Daseins fährst du einher, du schmerzhafte Schönheit, die du über alle Schönheit thronst, o Sehnsucht du!

Und warum mußtest du zu meinem Sarge werden, warum mußte dein Zukunftsjauchzen mir als Rabengekrächz mein Ende künden, und die Fackeln, die du Andern auf den Weg zum fernen Berg des Glückes stellst, mir als Totenkerzen um mein Bette stehen?

Das heilige Gotteswort, das Welten aus dem Nichts ruft, Du dem Einen! Die Adamsrippe, die ein neues, ungeahntes Urbild in sich trägt, dem Andern! der zukunftgährende Sauerteig des Lebens Du für Alle! nur auf Mein Haupt hast du mir mit dürren Stacheln bohrend einen Dornenkranz gedrückt, du schmerzhafte Schönheit, die du über alle Schönheit thronst, o Sehnsucht du!

Und dennoch stand es über meinem Haupt geschrieben, daß meine Seele, deiner göttlichen Urkraft schwanger, alle Kreatur und Welt in leuchtender Neugestalt gebären sollte. Denn Mir und all der Welt war von Anbeginn derselbe Anfang.

Meine Seele sollte Dir kraft Deiner Macht die Atmosphäre sein, in der sich alle Kreatur mit neuer Lust belebte; das ganze Allsein sollte sie umfangen, in jede Pore seiner Heimlichkeiten dringen, und über die Sterne, von einem zum andern, sollte sie sich wie ein Purpurmantel spannen, deiner königlichen Heilandsmajestät als Ruheteppich.

Und in der Unzucht meiner Träume hast du gelebt und in mein Wort dich einkerkern lassen und mir den Ton zur wüsten Heimatsfläche hingebreitet, um nur in Mir dein neues Reich, deine Erlösung zu finden.

Über den Bergen solltest du in roter Sonnenglut aufgehen für das Reich, das neue, meines Gehirnes. Und nie, nie solltest du versinken, denn in meinem Reiche sollte die Sonne nie untergehen.

Zur neuen Zukunft, zum dritten Reiche, in Mir erlöst werden wolltest Du.

Da throne Ich, deine Erlösung; Ich, deine Verdammnis. Da breitet meine Majestät sich über alles Wesen: Ich, dein letztes Wort, das mit weiten, langen Händen die gottgeborene Tat, die Tat des dritten Reiches, die Tat der wissenden Herrschaft, in die Zukunft schreibt.

Da sitz' ich da und brüte, wie ich dich erlösen könnt'.

Und jetzt seh' ich dich.

Um dein Haupt ein Kranz tausend nackter Blitze. Die Stürme von Jahrhunderten haben dein Haar zerrissen; eine Ewigkeit von Menschenglück, eine Unendlichkeit von Menschenjammer ist in dir brünstig geworden. Auf dem Regenbogen gährender Kräfte fährst du einher, und dein Wille wie ein Abgrund schäumender Macht.

O gib mir den Akkord, in dem sich deine Macht umfassen läßt! gib mir das Riesenwort, das dich sagen könnte! das Wort, den Akkord, der wie zuckende Fieberglut die Welt durchrast! den Akkord, den ein Himmel brennender Sterne mit der hektischen Röte des Wahnsinns färbt! stärker noch, mächtiger noch, – haa, wer kennt das grausige Lied des blutenden, wissenden Gehirns, wer kennt das Wort der neuen Tat?!

Ich, ich kenne das Lied, ich kenne das Wort: ich, der Sohn deiner ewigen Stürme, der Sohn deiner Nöte und Irrgänge.

Gib mir her den neuen Akkord! O, näher! oh, mächtiger! Schon braust er mit Flügeln in meinem Gehirn, schon schüttet sich die Brandung seiner Macht in meine Adern, schon dehnt sich mein Leib zum bäumenden Aufschwung, schon bersten die Wellen, schon ...

Vergebens, versunken ...

Wie ein Holzwurm bohrtest du dich in die Füße meines Thrones, bohrtest unablässig, bis er zu wanken begann, bis die Königskrone meines Hauptes wackelte und der Sessel der Caesaren morsch mit mir zu Boden brach, um mich her in Lumpen und Fetzen mein herrlicher Purpurmantel ...

Müde strahlt dein Antlitz von den Spuren einstiger Pracht; um dein Haupt ein Kranz welker Blumen, und in der gebrechlichen Perlenmuschel meines Siechtums fährst du dahin, du schmerzhafte Schönheit, die du über alle Schönheit thronst, o Sehnsucht du!

IV.

In Qual und Ohnmacht zuckt mein Hirn und ich will mich quälen. Ich will mich weiden an seinem Schmerz, denn ich liebe den Schmerz, er ist das Ewige; die ganze Vergangenheit beherbergt sein Vaterschoß und alle Zukunft wird aus ihm geboren. Ja, ich will mich weiden an meinem Schmerz! –

Wir waren alle so betrunken, so betrunken.

Ein wilder Rausch, der unsre Geisteskräfte herrlich potenzierte, der das Denken mit verjüngten Energien speiste, ließ uns alles tiefer, heftiger empfinden.

Es war der schöne, mystische, grandiose Durchbruch, den allein die sexuelle Spannung in den ersten Stadien der Geschlechtsbrunst leisten kann, wenn noch alles in verklärter Schönheit erscheint und in tausendfach gesteigerten Verhältnissen genossen wird.

Er saß dort in der großen Fensternische. Von der Seite fiel auf sein dämonisch blasses, furchenwildes Gesicht grelles Lampenlicht. Jeder seiner scharf geschnittenen Züge trat noch schärfer, deutlicher, beinahe karikiert hervor, jeder Zug ein Abgrund unbezwinglichen, unentrinnbar suggestiven Willens.

Ein Fatum lag in diesen Zügen. Ich kann mich deutlich erinnern, daß ich ihn damals garnicht als Persönlichkeit empfand, sondern als verkörperlichte Macht, als das Werkzeug einer Macht, die auf uns alle, brütend, lauernd ihre Hand gelegt hielt. So sah ich Menschen, die in wenigen Stunden sterben oder verunglücken sollten. So sah ich Menschen, auf deren Stirn sich ein entsetzlicher Entschluß kundtat.

Er sprach mit seiner Schicksalsstimme das mächtige Gedicht eines Freundes. Ich konnte nicht dem Sinn der einzelnen Sätze folgen, ich empfand nur ihren grauenstiefen, schmerzlichen Gefühlsuntergrund, eine Stimmung aus zuckenden Blitzen und keuchenden Sehnsuchtsstürmen gewoben. In mir fühlte ich die ringenden Hände, sah sie, wie sich jeder Muskel krampfhaft spannte, ihre Blutgefäße zu blauen Aderbeulen schwollen. Aus tiefen Grüften sah ich diese Hände sich nach Oben strecken, die ringenden Hände der schmerzhaften Brunst:

>>*Niemals sah ich die Nacht beglänzter,*
Diamantisch reizen die Fernen . . . .<<

Sie spielte weich, gedämpft eine Begleitung auf dem Klavier. Ich weiß nicht, wie es kam, aber plötzlich richtete sich meine ganze Seele auf ihr Spiel. Ich kroch in jeden Ton, ich faßte sie mühsam zusammen, mit tausend Händen umfaßte ich krampfhaft tausend Sätze, tausend Töne kribbelten und krochen mir in meine Nerven, und so stand ich da mit tausend geballten Fäusten, tausend Lanzettenstichen durch mein Hirn – und plötzlich verstand ich ...

Diese aus tausend Tiefen dumpf aufjauchzende Sehnsucht, diese in tausend Tönen schillernde Innigkeit der Brunst – o Gott, o Gott, wie schmerzte das ...

Und Wort und Ton verflochten sich; Ton um Ton klammerte sich, wie eine Klette an das sturmgepeitschte Haar des Wortes, und an seinen flatternden Strahlen sehnte sich der Ton hinauf zum Himmel, zur Sonne des Glückes.

Und es waren nicht Töne, nicht Worte, zwei Riesenseelen waren es, die sich an einander klammerten, in steigender Macht sich umschlungen hielten; eine rang sich an der andern hin, empor, hernieder, und immer fester verschlangen sich die Hände, immer wilder preßten sie sich in einander, und es wurde eine Orgie geschlechtlicher Sehnsucht, zuckender Schmerzensschreie, winselnder, lechzender Gier.

Ich verstand diesen stummen, satanischen Geschlechtsakt, ich verstand dies Ringen und Ersterben in der Abgrundstiefe der verschmolzenen Seelen, mein Kopf wollte bersten, aus meinen Augen mußte Blut spritzen, und hinein in einen leisen, innigen Refrain schrie ich mit der wilden Stimme brechenden Schmerzes:

>>*Niemals sah ich die Nacht beglänzter,*
Diamantisch reizen die Fernen . . . .<<

Plötzlich wurde ich ruhig, matt und boshaft.

Niemand gab auf mich acht. Wir waren ja so betrunken, so betrunken ...

Jetzt mußte ich mich quälen, den bittern Kelch bis auf die Hefe leeren, ich mußte mich mit unerhörter Lüsternheit selbst quälen, wenn ich auch dabei vergehen, hu – verrecken sollte.

Die Deklamation war zu Ende, ich heuchelte eine maßlose Begeisterung:

– Jetzt mußt du ihn küssen! Du mußt; dem Künstler schenk' ich mein Weib, ich König, königlich mein Preis – schrie ich ihr zu und setzte mich in meinem Sessel zurecht, um alles besser, tiefer, in der schärfsten Lichtlage genießen zu können.

Das war alles so selbstverständlich, in dieser Rauschglut und Begeisterung so zwingend, daß es keinem auffallen konnte.

Und nun kam der große Keulenschlag.

Ich sehe sie beide vor mir, ganz deutlich, da vor dem Klavier. Sie standen sich gegenüber wartend, keuchend; es kam mir vor, als hätte irgend etwas Mächtiges ihre Muskeln gelähmt.

Eine Ewigkeit verging. Ich sog mich gierig in jeden Schauer, jedes Zucken ihrer Körper, in diese Stille, die den Sturm gebären sollte. Ich lenkte, berechnete, setzte sie in mir zurecht, diese schauernden Innervationsgefühle ihrer Muskelfibern, nach der Richtung meines intensivsten Schmerzempfindens.

Noch standen sie wie verzaubert. Da plötzlich legte sie sich ihre Hände um den Kopf, reckte ihren Körper auf den Zehen hoch, in der Linie des geschwungenen Bogens – sie sah ihn an! O Gott, wie sie ihn ansah! Diese brünstige Innigkeit, diese schamhafte, schamlose Hingebung; eine ganze Welt von Brunst lag in dieser Bewegung, und ihre Brust keuchte. Dann seh ich ihn, wie er auf sie zustürzt, sie auf seine Hände nimmt; mit beiden Händen nahm er sie und schnellte sie empor, dann sah ich ihre Lippen sich ineinander wühlen und graben, dann fing mein Atelier an, um mich herum zu tanzen an, ich griff krampfhaft um die Lehnen meines Sessels und schrie wütend: Fester noch, fester!

Ich hetzte sie auf einander: mein schreiender Wille war wie eine Peitsche, die sie auf einander loshieb, ich fühlte mich als eine tausendköpfige Menge, die mit ihrem Wutgeschrei zwei Gladiatoren auf einander jagt.

Sie keuchte, und ich sah sie auf den Boden gleiten zu seinen Füßen, und sie blickte zu ihm auf.

O, diese Unendlichkeit von ungesättigter Seligkeit in ihrem Blick, diese bettelnde Bitte: Nimm mich, nimm mich doch!

Ja schamlos, schamlos!

Freilich brauchte man auf mich ja keine Rücksicht zu nehmen; ich war ja so maßlos betrunken ...

Wieder richtete ich meine Augen auf ihr Gesicht. Jede Fiber an ihr bekam mir selbständiges Leben; jeder Schauer, der ihr Gesicht durchzuckte, wurde mir zu einem Abgrund von Brunstwillen, und mit tausend Fibern, wie mit tausend Natternzungen, stach sie, biß sie, sog sie sich in mich hinein.

Ich lief hinaus.

Vielleicht wollt' ich ihnen Zeit geben, sich in befriedigungswütiger Orgie auszutoben.

Ich blieb lange draußen, sehr lange.

Als ich zurückkam, lag er zu ihren Füßen, umklammerte und küßte sie und war so glücklich, so glücklich.

Jetzt litt ich nicht mehr; ich war kalt, und sehr, sehr nüchtern. Ich fühlte keinen Schmerz mehr, keine Eifersucht: die Sache war abgetan für mich.

Ich warf mich auf das Sofa, rauchte eine Zigarette an und heuchelte eine maßlose Müdigkeit.

Meine letzte Empfindung war eine ranzige, bittere Geschmackshalluzination, wie von einer alten, verdorbenen Speise.

Ich weiß nicht, wie es kam, aber ich schlief ein.

Als ich am andern Mittag erwachte, stand sie angekleidet vor meinem Sofa und sah mich offen, sehr offen an.

Scham, Reue, Trotz, Frechheit, die ganze Tonleiter der Ehebruchsgefühle sah ich in ihrem Blick.

Ach Gott, ich wußte alles; alles wußte ich, was sollten denn die Blicke zwischen uns. Zwischen uns beiden waren alle Fäden zerschnitten.

V.

Heute versuchte ich zu arbeiten.

Es geht nicht!

Die ziellose Sehnsucht fehlt mir. Sie hat mit ihrer lächerlichen Leiblichkeit mir ihr Urbild zerstört. Was einst unbewußt hier in mir ruhte, durch alle Empfindungen hingestreut, wie Goldfäden in alle Erinnerungen eingewoben, duftend aus dem breitgesponnenen Gewebe meiner Heimatsmelodien, das hat sie wie in einem Brennspiegel in sich gesammelt. Was sich einst in steigender Potenz dem unbekannten Reich entgegenreckte, das gipfelt jetzt nur in der leiblichen Sehnsucht nach ihr.

Aus jedem Pinselstrich, aus jedem Tonsatz grinst mir ihr Gesicht entgegen, ihre Bewegungen seh ich unter meinen Fingern entstehen, ihr heißes Lachen trübt mir jeden goldreinen Klang.

Anders, an ihr vorbei, kann ich nicht schaffen. Ich kann sie nicht bei Seite schieben. Meine Kunst ist nur der einzige Typus: ihr Typus.

Ich kann nicht mehr arbeiten, wenn ich nicht verbluten soll.

Die unpersönliche, undifferenzierte Sehnsucht fehlt mir.

Oh, die Sehnsucht, die mich als Knaben in Mondscheinnächten auf den nassen, weichen Frühlingsacker warf, daß ich mich mit meinen Händen in die frische Krume grub, meine heimatliche Erde über mich schüttend wie ein weiches, wollüstiges Daunenbett.

Die Sehnsucht des Künstlers, in dessen Seele etwas auf und nieder wogt, von einem Pol zum andern, ohne die Achse finden zu können, und in wilden Strömen dem Gehirne zukreist, den Urbildern zu, die dort vom Weibe aufgespeichert liegen und die nach Wiedergeburt, nach neuer Schönheit, neuer Kraft verlangen.

Oh, die herrliche Sehnsucht des reifenden Knaben und hoffenden Weibes und des zeugenden Künstlers, die Sehnsucht des Beginnens und des Werdens, die große Sehnsucht der Dämmerung, die sich in das Nachtbett legen, und die Sehnsucht des Morgengrauens, die in dem blutigen Erlöser-Rot der Auferstehung ihr Begehren stillen will.

Die heilige, zeugende, zukunftschwangere Sehnsucht Deines Urbildes: Geliebte, Du!

Ich hasse dich, im kranken Schmerz haß' ich dein Blut, weil du dich in mir zerstört hast, weil du, Blut, die Quelle meines Schaffens vergiftet hast.

Jetzt hab' ich eine andere Sehnsucht, eine schauerliche, körperliche Sehnsucht.

Im Granite meines einstmals festgefügten Wesens zieht sie sich hin, wie Gänge fremden Gesteins, bis der Granit auswittert und brüchig wird an seinen kranken Adern.

In jede meiner Sensationen biß sie sich, saugt ihnen das Mark des Willens aus, zernagt den Lebensstrang, der mein Empfinden mit der Urkraft der Instinkte füllte; sie wickelt sich wie eine Scheide um den nackten, lebenslüsternen, nach Licht und Sonne klopfenden Nerven und sperrt ihn ein in eine dunkle Höhle qualvoll träumender Schmerzensmysterien, weltentrückten Ringens zwischen Ohnmacht und fiebrigem Wünschen.

Aber in der Tiefe, da ringt etwas nach Glück; etwas streckt da seine Hände in ächzender Verzweiflung nach dem Becher der erlösenden Arzenei, etwas windet und zuckt und dreht sich nach der Lichtseite, wie die Pflanze, die in stetem Schatten steht, und zwei Schritte weiter lacht das helle, licht- und farbentrunkene Erdreich.

O Gott, vielleicht doch ein klein wenig Glück! vielleicht das Glück des Tieres bloß, das unwissende, unbewußte Glück der Herde, sonnenhaft umstrahlt von der verblutenden Heilandsmajestät meines wissenden Gehirnes!

In der starken Mutterkrippe des Sonnengeflechtes müßte es von selbst, wie mit der Wünschelrute hingezaubert, plötzlich liegen; von dort, ja, von dort müßte es kommen, das prometheische Licht der Erlösung.

Und mit weit gen Westen offenem Portal steht die Kirche meiner Seele da, das zertrümmerte Jerusalem meines Gehirns, palmengeschmückt, um den Bräutigam zu empfangen, den Sohn der Gottes-trunkenheit, der neuen, ewigen Beglückung.

Und wie ein Erzpriester steh' ich armer Menschensohn auf den Stufen des Altars und warte. Mit ausgestreckten Armen, mit starr gen Morgen gerichteten Augen steh ich da und warte.

Palmenwedel um mich, die Hand getaucht ins heilige Feuer des Opferbeckens, vom geweihten Rauch der Glut und Räucherwerk umdampft, so steh' ich da, ich alter Simeon des Gehirnes, um das Kindlein, das neue, zu empfangen, – das Kindlein, den neuen Heiland der Erlösung.

Erlösung – Erlösung!

VI.

Ich denke drei Jahre zurück.

Wie viel Glückseligkeit damals, wie viel Begierden, die mir seitdem zum Ekel wurden, wie viel Hoffnungen, die nun zerstört sind, und wie viel Herzenswärme – oh ja, Herz, Herz ...

Um meinen Schreibtisch spielt mein zweijähriger, blonder Sohn. Schmerz hat ihn geboren. Schmerz spricht aus seinen Zügen, schmerzhafte, kranke, alte Wehmut aus seinen Bewegungen. Denn Schmerz ist das Ewige, das alles geboren hat; Schmerz ist das, was endlos die Vergangenheit enträtselt, und aus Schmerz wird alle Zukunft geboren.

Ich und mein Sohn, wir beide ewig und schmerzgeboren, wir beide mächtig in dem Größenwahne unsrer Nichtigkeit.

Um meinen Schreibtisch spielt mein Sohn mit dem Kaninchen, dem weißen, rotäugigen Kaninchen. Ich liebe meinen Sohn; er ist die große Idee meiner Vernichtung. Tag für Tag zerstört er mir ein Stück meines Daseins durch seine Mutter.

Und mein blonder Sohn ist schön und klug mit diesen mystischen Augen und den schmerzhaften Zügen.

Und eine Flut von Erinnerungen stürzt über mich; mein Gehirn wühlt sich zurück und sieht die Zeit, als der Jubel des werdenden Vaters in mir jauchzte.

Damals warst du so jung, und deiner Brüste schwellende Keime pochten scheu an deine harte, frische Haut mit wachem Verlangen.

Damals warst du so schön, und über dein Gesicht hin lag es wie ein Dunsthauch über der hoffenden Frühlingserde.

Mit zwei Sternenaugen sahst du mich an, unschuldig, sündlos, unwissend; dein Blick kam über mich, wie aus einer fremden Welt, aus einer grauen Vergangenheit.

Etwas Fremdes, Fernes – ja; denn aus diesen Mädchenaugen zuckte zu mir her der Strahl des Willens, der das Daseinswort, das uns geschaffen, erst erfüllen sollte.

Kind, Geliebte! Der Messiasgedanke eines großen Gottes, auf daß der Menschenewigkeit kein Ende werde.

Und erinnerst du dich?

Unter meinem Arme führt' ich dich, stolz, weil alle Menschen uns um unser Glück beneideten. Durch den schwarzen, einsamen Park, durch das heimliche Rauschen der Blätter, durch das mystisch hochzeitliche Zittern der Natur führten wir uns an den Teich. Rings im Kreise standen silberblaß die Pappeln, und der Himmel tauchte unter in der glatten Flut mit seiner sternenglühenden Ewigkeit und blickte so verführerisch zu uns herauf mit seiner selbstgewissen Pracht.

Und da war es still und Wollust in uns, und du zittertest in meinen Armen.

Nachtschauer schnitten mir mit leisen, sammetweichen Stichen durch die Glieder, und der Himmel blühte von Millionen sechsblätteriger Sternenkelche – hei, wie lachte die Himmelswiese mit den glühenden Sternenblumen!

Und wir beide so trunken von unserm Glück, und wir beide in einander versinkend und verflochten wie zwei Sterne zweier Hemisphären, und wir beide in einander gewirkt wie Tugend und Sünde, Unschuld und Verbrechen.

Und schwellend keimte der Same.

Geliebte, Weib, Heilige, du meiner Seele zuckendes Herz, du meines Weltenhirnes kreisende Achse: meiner Zukunft ewiges Schicksal gebierst du mir!

Um deine Stirne wind' ich einen Kranz, gewunden aus den großen, blutenden, schwarzen Blumen meiner Sehnsucht, und in das taube, weite Sturmgewand meiner verzweifelten Nöte hülle ich dich ein, und einen Sternenregen goldener Kindesvergangenheit schütte ich auf dich herab, du meine Heilige, Gottgeschwängerte!

Und alles schwindet, sinkt. Nur Du: Du über tausend Jahre hingestreckt, Du durch Millionen Weltenräume ausgebreitet, Du an meinem Herzen –

Ehebrecherin du!

VII.

Eine Sonne sah ich, sie war rot wie Purpurblut, und die Wolken ringsherum, wie wenn der Himmel verbluten wollte.

Mein Malraum wurde mir zur Hölle; unstet, rastlos lief ich hin und her und litt, litt, wie nur einer leiden kann, der mit seiner ganzen Seele, seiner ganzen Kunst in einem Weibe wurzelt, das ihn nicht mehr liebt.

Ja, ich hatte es lange gemerkt; ich wußte es, ich brauchte keine Beweise. Ich fühlte es in mir, in ihr; ich sah's in ihren Blicken, ich las es von ihrer kleinsten Bewegung ab. Ich sah in ihrer Seele so klar, wie in einem Wasser, wenn die ersten Tinten der Abenddämmerung sich durch den Sonnenhimmel gießen.

Ich wußte es schon, als der erste Gedanke an ihn in ihrer Seele Keime schlug. Ich verfolgte von Minute zu Minute, wie es wuchs; sah, wie sie sich das erstemal begehrlich ansahn, wie sie ihn umfing mit ihren Blicken, wie er mit den Augen einer Königsschlange sie zu bannen wußte und sie an sich zog und mit sich schleppte, daß sie gehen mußte.

Und immer sah ich jenes blutige Purpurrot der Sonne und jenen verblutenden Himmel, ganz so wie ich ihn einmal als Kind gesehen. Von Anfang an war diese längst verblichene Erinnerung in mir wach geworden, dominierte in meinem Gehirn, beherrschte mein Denken, trieb und zwang meinen Willen, und immer zwang sie ihn in eine einzige Richtung hin: in das Verbrechen.

Wie seh ich deutlich den großen Hof meines Vaters, sehe die Scheune mit dem großen Storchnest auf dem Giebel und das Storchenweibchen, das den halben Sommer durch dort saß und brütete. Und auf der Wiese hinter der Scheune, an dem großen, dicht mit Schilf und Binsen bewachsenen Teich, schritt das Männchen stundenlang mit gravitätischem Stolz einher und suchte nach Fröschen und Würmern. Ich seh ihn, wie er unbeweglich, starr auf einem Beine steht, bis unser Kindergeschrei ihn aufscheucht und er langsam und in weiten Kreisen sich zu Neste schwingt. Aber plötzlich war er verschwunden. Jemand hatte ihn zufällig angeschossen; im benachbarten Dorfe wurde er aufgefunden und von einem Bauern in Pflege genommen. Nicht lange, da erschien ein neuer Storch und kreiste um das Nest des kranken Männchens; nach einigem Zögern ließ das Weibchen ihn herein und lebte jetzt mit diesem. Und jetzt erinnere ich mich so deutlich, wie wenn der ganze Vorgang gestern geschehen wäre:

Eines Tages saß ich auf dem Hofe vor dem Brunnen und spielte. Plötzlich höre ich ein seltsam lautes Geklapper in der Luft. Es ist der alte Storch, der mit gesträubten Flügeln auf das Nest zustößt. Er ist schon fast am Dache, da schwingt er sich von Neuem in die Höhe, als wollte er die Lage erst recht klar überblicken. Auf dem Neste entstand nun eine unbeschreibliche Bewegung. Ein kurzes, ängstliches Geklapper, unruhiges Hin- und Herlaufen, dann wurde es still; der Liebhaber spannte die Flügel aus, streckte mit weit vorgerecktem Halse den Schnabel in die Luft, sprang zwei- dreimal in die Höhe, als ob er Mut fassen wollte, und erhob sich zur Wehr. Im selben Augenblick stürzte der alte Storch auf ihn los. Beide Vögel fingen mit bestialischer Wut zu kämpfen an. Sie hieben mit den roten Schnäbeln auf einander los, schlugen mit den Flügeln um sich, fielen herunter, wälzten sich am Boden; sie stiegen wieder hoch, ihr Gefieder färbte sich mit Blut, Federn flogen in der Luft herum, immer wüster tobte die Raserei. Bis der alte Storch mit einem furchtbaren Schlage plötzlich seinem Rivalen einen Flügel zerbrach. Der lahme Vogel schwankte einen Augenblick in der Luft, fiel auf das Dach, suchte sich mit den Beinen im Stroh festzuhalten, aber der Rächer hatte schon zum letzten Schlage ausgeholt: mitten in den Brustkorb hinein. Man sah die Wollust, wie er seinen Schnabel tief in den warmen Körper bohrte, daß das Blut hoch herausspritzte. Noch ein taumelnder Flügelschlag und der zu Tode getroffene Vogel fiel herunter auf den Boden, warf sich im Schmerzkrampf, streckte sich, grub den Schnabel in den Sand, das Blut quoll schäumend um die Wunden hervor und rötete das Gras.

Aber die Wut des Siegers war noch nicht gestillt. Er warf sich auf das Nest, hieb auf das Weibchen ein, trieb sie aus dem Bette, und nun zerhackte er in wilder Raserei die Eier, schmiß die Schalen heraus, dann flog er auf die Wiese, wo er blutbefleckt in unbeweglicher Starrheit eine Weile stehen blieb. Plötzlich schwang er sich empor und flog davon. Das Weibchen kroch in das Nest zurück.

Der Abend kam.

Niemals sah ich den Himmel in dieser furchtbaren Glut auflodern. Es schien, als wären fremde Welten in Brand geraten und nun züngelten die Flammen hinter dem Horizonte am Himmel empor. Ein blutiger Widerschein ergoß sich über das Himmelsgewölbe, bis zum Zenit hinauf zogen sich feurigblaue Striemen, und über all das furchtbare Rotblau triumphierte die untergehende Sonne mit ihrer blendenden Brunstgewalt.

Auf einmal erscholl von der Wiese her ein furchtbares Geklapper, in wechselndem Tempo mit deutlichem Ausdruck und Rhythmus. Mindestens zwanzig Störche waren versammelt.

Eine Weile wurde es ganz still.

Plötzlich erhoben sich alle und steuerten in weiten Kreisen auf das Nest zu.

Das Weibchen stand zuerst hochaufgerichtet, lief nun unruhig hin und her, ließ von Zeit zu Zeit ein eigentümlich heiseres Geklapper hören.

Die Störche kamen in majestätischen Kreisen auf sie zu.

Jetzt schien sie einen verzweifelten Entschluß gefaßt zu haben. Sie spannte die Flügel aus, flog eine Strecke weit dem Teiche zu, wollte in die Binsen laufen. Sie wurde eingeholt; mit einem kräftigen Hieb streckte ihr Männchen, über und über von Blut bedeckt, sie zu Boden. Sie versuchte aufzufliegen, aber schon umringte sie die ganze Schar.

Wieder verging eine Weile in tödlichem Schweigen. Dann, wie auf geheimnisvollen Wink, stürzten sie sich alle auf die Störchin; in einem Nu wurde sie in Stücke zerhauen, daß der zerrissene Körper in blutenden Gliedern herumflog und das blutige Gefieder in die Luft aufwirbelte. Fetzen warmen Fleisches, eine zuckende Lache Blut, herumliegendes Gedärm bezeichneten die Stelle, wo man Gericht gehalten hatte über die Ehebrecherin.

Seit diese Erinnerung in mir lebendig geworden, wurde ich sie nicht mehr los. Immer sah ich das Blut des Weibchens, roch an ihm, sah Fetzen warmen Fleisches herumliegen.

Es quälte mich unerhört.

Aus den abgründigsten Tiefen meines Seins krochen merkwürdige Empfindungen empor; neue, immer neue, unbekannte, wilde, verbrecherische Instinkte wurden wach, und grell, voll Höllenröte lag vor meinem grauenden Blick der finstre Abgrund in mir aufgetan: die gräßliche Vergangenheit voll wüster Verbrechen, tierischer Lüste, die Vergangenheit des Tieres und des Wilden, und ich saß vor dieser Hölle und stierte hinein und sah das Ekle, Furchtbare aus allen Ritzen kriechen.

Und dann fühlte ich Gedanken aufsteigen, langsam, allmählich, wie schmutzig grüne Blasen aus einem Sumpfe, und ich sah tief unten auf dem Grund das Riesenmeer uralter Schlingpflanzen, in die ich mich verstrickte, aus denen nicht mehr loszukommen war.

Alles schrie in mir nach Rache und Verbrechen.

Und einmal abends, da quirlten wieder die Sumpfblasen brodelnd hoch und der Höllenbrodem kroch wieder an mein Herz. Mein Gehirn verstrickte sich noch fester, immer fester in die Schlingen der uralten, tückischen Sumpfpflanzen. Zu Zeiten sah ich nichts vor Augen, alles wirbelte und floß in braunen Nebelkreisen um mich; zu Zeiten hörte ich ein wildes Stöhnen in den Ohren, ein Gedröhne, als ob Blutgefäße, eines nach dem andern, im Gehirne platzten und das Blut sich über die graue Rindenschicht in alle Falten, alle Buchten ergösse.

Dann sah ich wieder den Weltenbrand im blutigen Widerschein des Himmels und das zerrissene Storchenweibchen auf der Wiese.

Jäh sprang ich auf.

Sie fuhr in wilder Angst empor.

Ich sah den schreckgelähmten Blick, ich sah die fahle Blässe ihres Gesichtes, mein Blick kroch in den ihren, ich sah eine schwarze, öde Leere, und dann hört' ich einen Schrei in mir: Morde sie!

Es schrie so furchtbar, daß ich wie taub wurde; nur ein Empfinden blieb – ein Empfinden, wie wenn sich ungeheure Nebelkreise zu Riesenfäusten ballten, und dann fühlte ich ganz deutlich, wie der Willensimpuls auf meine Muskeln überging und ich beide Hände in die Höhe hob, wie zu einem Schlag, der alles zertrümmern, tief in die Erde einstampfen sollte.

Da plötzlich fühlte ich etwas leuchtend Nacktes, doch nicht in den Augen; es war rings um das Herz herum, kalt, gleißend, leuchtend. Es war nichts Leibliches, auch nichts von dieser Welt; es war, wie wenn sich etwas ungeheuer Weiches, Flüchtiges in mir mit etwas Verwandtem berührt hätte.

Ich fühlte sie.

Ich wurde plötzlich nüchtern, ich bebte und zitterte, meine Hände waren ausgestreckt und liefen wie im Fieber herum, ich sah ihre Gestalt deutlich aus dem kreisenden Nebel tauchen.

Noch stand sie da, aber jetzt spreizte sie die Arme auseinander, und mit höhnendem, zynischem Blick, mit spitzem Lachen schrie, kreischte sie mir zu: Ja, würge, würg' mich doch!

Eine wahnsinnige Wut befuhr mich, ich packte sie mit eisernen Krallen, schleifte, riß sie durch das Atelier, und dann, mit heiserem Kreischen, das mir wie das Knirschen berstender Porzellanscherben in die Ohren kreilte, stieß ich sie wie einen Haufen Lumpen von mir.

Und da, da aus der Ecke da, traf mich aus den weit, stier aufgerissenen Augen ein Blick, der aus einer Hölle dumpf abgründiger Macht hervorgestoßen schien, ein Blick, in dem der ganze ekle, lauernde, heimtückische Haß der Sklavenohnmacht keuchte.

Und sie rächte sich. Ich wurde Zeuge, wie sie ihn, in meiner Gegenwart, brutal begehrte. Ich sah es, ich als Zeuge, und der Mann blutet in mir. Tropfen für Tropfen seh ich ihn mein Blut verlieren; ja, es rieselt, ja es tropft, das stolze Mannesblut. Und leiden ließ sie mich, leiden – nicht mich allein: eine ganze Menschheit in mir. Alle die Zuchtwahlempfindungen, durch Millionen Jahre in mir angehäuft, durch endlose Wogen von Geschlechtern zu mir fortgeerbt, krümmen sich und zischeln und bäumen sich und schäumen vor Wut, wie wenn ein Riesenfuß auf sie getreten hätte.

O, das elende Weib, das eine ganze Menschheit zertrümmern darf!

Ja, sie rächt sich. Noch immer sehe ich die Sonne am verblutenden Himmel, und immer fühle ich sie um mich. Sie steht da hinter meinem Stuhl, sie beugt sich über mich mit grinsendem Hohngelächter, sie geht herum wie ein Gespenst auf leisen, bösen, unhörbaren Zehen. Ich höre sie draußen, ich seh' sie in der Tür. Ich höre ihre Stimme, immer ist sie da. Dreh' ich mich dann um, seh' ich in die schwarze Leere, in die schwarze Hölle ihres Hasses.

VIII.

Ich stehe auf der Straße. Um die Wurzel dieses in die Erde einge-rammten Gaskandelabers spielen so seltsam gerippte, schwarze, eckige Schatten der Nacht.

Dir das Opfer, du neuer Gott: du Gott des Schweigens und der Nacht!

Ich stehe auf der Straße. Hinter dir, du krankes, schlankes Reh, schleicht fremder Schritte wankende Trunkenheit, und in meinem Ohr tost fernes, hohles Rädergeroll.

Da – vor mir, in endloser, unförmiger Masse, ein ungestaltes schwarzes Riesentier: der Gott meines Schattens, der Gott meines Schweigens.

Blödsinn! Mein Schatten.

Auf der Straße eine große, nasse Pfütze, und silbern und in stiller Ruhe ruht auf ihm, gefingert, eine weiße Riesenhand. Nein, der Schein des elektrischen Lichtes.

Gott, was ruht die Riesenhand auf der Pfütze?!

Die Hand des Gottes auf der Pfütze des Lebens – wie schwer sie ruht, wie breit gefingert!

Und da: daneben steht ein Kerl mit fürchterlichem Knüppel und schlägt hinein, daß spritzende Kotmassen weit herumfliegen und mein Gesicht beschmutzen.

Tötet er endlich die breitgefingerte Hand?

Daß er's doch täte! Daß ich mit eigenen Fingern in mein Leben packen, in sein Räderwerk mit eigenen Zähnen hinein beißen könn-te!

Ruhe – Stille.

Und jetzt den Damm entlang.

Das schwarze Wasser da unten; Unendlichkeit von Tiefe, von Gram.

Ich beuge mich über die Ballustrade, blicke die Böschung hinab.

Und wieder Lichter. Weiße, schmale Streifen, und jeder Streifen ein runder, großer Zylinder; weißer Strich in der Mitte, verfließend nach den Rändern hin mit tief und tiefer blauen Schatten, und weiter feinen, feinsten Abstufungen ins Schwarze hinein.

Das sind die Gedanken meiner unbewußten, dunklen, maßlosen Tierseele; wie spärlich, wie ärmlich, wie verfließend.

Ein Meer von Licht, ein endloses Bewußtsein will ich haben, um mit eigenen Zähnen in das Räderwerk meines Schicksals hineinzubeißen! –

Vorn im Straßendunkel tauchen zwei glühende Reihen Laternenlichter auf, parallel nach beiden Seiten hin verschwindend; ein Lichtkreis in den andern eingekeilt, mit spielend strahlenden Protuberanzen. Und diese beiden Reihen stehen vor der schwarzen Wand des Himmels, der die Erde im nächtlichen Schweigen küßt. Sie stehn wie Flammenschwerter vor dem Tore des verlornen Paradieses und hüten die Geheimnisse überweltlicher Lüste; sie, die schweigenden Paradieserzengel.

Und ich gehe und gehe in die schwarze Nacht hinein. Weitab verschwimmt die Stadt, nur von ferne zucken flimmernde Reflexe, Fäulnisphosphoreszenzen eines Sarkophages.

Im feuchten, taubehangenen Moose lieg' ich; über mir der Sternenhimmel, dunkle Fernen vor mir, und in meinem Herzen Angst und Grauen.

Ja, mir graut vor diesen schweigenden Geheimnissen, Angst steigt in mir auf, zittert, wühlt in allen meinen Fibern; jeder Grashalm, der sich zu mir neigt, wird mir zur Angst, das Säuseln des Windes, die ganze Welt ist mir zur Angst geworden. Das Weib lebt und zuckt in ihr, treibt und ängstigt mich; sie peitscht mein Herz in wilde Raserei, wie eine Flutwelle staut sie sich in mir, grinst in mir empor, wächst sich aus zu langen Fingern und umkrallt meinen Kehlkopf – oh, das fürchterliche Gesicht mit den dumpf abgründigen Augen! ich sehe es, ich seh' es wieder.

Die Lichter erlöschen. Über den weiten, öden Feldern brütet die Angst des Todes. Kalt, öde stehen am Wege die Stümpfe kahler Bäume. Von Zeit zu Zeit streicht der Wind über die toten, schwarzen Felder und pfeift ein schauriges Nachtlied.

Ich gehe an der Hand meiner Mutter auf dem kotigen Landweg. Wilde, unheimliche Angst lähmt meine Glieder.

Hinter uns auf einem Hügel, eine dicke schwarze Masse, steht die Kirche.

Es ist Allerseelentag.

Über, um uns, wie ein Alpdruck wahnsinnigsten Grauens, die Nacht.

Jetzt werden die Toten aus ihren Gräbern auferstehn und in die Kirche gehen. Der alte tote Priester wird das Ornat umnehmen, das auf dem Altar liegt, wird das große, silberbeschlagene Meßbuch lesen, und in der ganzen Kirche nichts als das schaurige Geklapper von Gerippen, nichts als das öde Grabesschwarz, das in den dumpfen Augenhöhlen brütet, nichts als das Grinsen der weißen Zähne und das Leuchten weißer Leinentücher. Und sie stehen da, um den schwarzen Sarg, der auf dem Katafalk steht; sie stehen da, in dem unheimlichen, schwachen, gelblichen Schein der faustdicken Totenkerzen.

Angstschweiß bricht aus allen Poren meines Körpers, fester halt' ich die Hand der Mutter, und ich fühle, wie sie zittert.

Wir gehen schneller und schneller, ich keuche, kaum kann ich mehr atmen.

Da plötzlich, an einem Baum, ein Geräusch, wie vom Anstreichen eines Schwefelhölzchens, und im selben Nu taucht aus dem Dunkel eine Gestalt in schwarzen, kotigen Lumpen, einen jungen Baumstamm in der einen Hand, in der andern eine Totenkerze.

Ich sehe das gelbe, flackernde Licht, ich sehe das gräßliche Grinsen und zwei Augen, aus denen der Wahnsinn wilde Phosphoreszenzen wirft.

Und jetzt ein pfeifender Ton: der Wahnsinnige hebt seine Keule hoch, er schwingt die Kerze hin und her.

Meine Mutter fällt in die Knie, ich will schreien, bringe keinen Laut von mir.

Plötzlich hebt sich meine Mutter auf:

– Gelobt sei Jesus Christus! keucht sie mühsam hervor.

Der Mann leuchtet ihr mit der Kerze in die Augen; über sein gräßlich entstelltes, blutig zerkratztes und zerrissenes Gesicht geht ein wildes, grauenhaftes Grinsen, seine Augen quellen hervor, die tollgewordene Hyäne glotzt aus ihnen heraus.

Er hebt die Keule hoch und schwingt und schüttelt sie mit wildem Jauchzen in rasenden Sprüngen über unsern Köpfen.

In diesem Augenblicke wird die Kerze vom Winde ausgelöscht, der Wahnsinnige gleitet in einer Kotlache aus, fällt um.

Die Mutter rennt, wie nur in fürchterlichster Todesgefahr Menschen rennen können, sie zerrt, schleppt mich mit, aber der Irre hat uns schon eingeholt und tanzt vor uns in wilden, affenartigen Sprüngen.

Jetzt können wir uns kaum noch schleppen; in letzter Verzweiflung sprechen wir beide laut ein Gebet.

Der Mann verzerrt entsetzlich das Gesicht, knirscht mit den Zähnen, lallt und schreit und schwingt seine Keule; ein Schlag schon hätte genügt, uns beide zu Boden zu strecken. Dann stellt er sich hinter uns, äfft unsern Gang nach, und mit dämonischem Lachen wiederholt er unaufhörlich:

Eins – Zwei! Eins – Zwei!

Da plötzlich ein Kreuz am Wege. Der Wahnsinnige bleibt bedächtig stehen, pflanzt die Kerze in den Boden und springt über sie, hin und zurück, hin und zurück.

Die Mutter fällt mit mir in einen tiefen Graben, wir sind gerettet ...

Nein, jetzt seh' ich sie schon wieder, die wahnsinnigen Augen; sie leuchten über mir wie zwei erstorbene Sonnen in mattem, metallischem Glanz, ich sehe sie in mir, mit kalten Strahlen kriechen sie an jedem meiner Nerven in die innersten Wurzeltiefen herab, mein Herz stockt.

Ist das der Wahnsinn?

Sie – das Weib war in ihm; er – sie kommt mir als Vorbote, als ein Ölzweig des ewigen Bewußtseinsfriedens im Wahnsinn, des öden, toten Friedens der Novemberfelder am Allerseelentag.

Und dann wird die Nacht kommen – und ich am Kreuze mit der Kerze – her mit der Keule und der Kerze!

Und jetzt das Wiehern der Hölle in ihrer gottbewußten Seligkeit; mit stampfendem Fuß reißt mir der Teufel das Herz aus der Brust und zündet Feuer an im Gehirne, und ich wie ein Stier mit dem Bündel angezündeten Reisigs – toll, wild, rasend.

Nein, nein, das ist zu furchtbar.

Und einen Gesang höre ich, singend auf tausend Nervenpfeifen, zuckend mit tausend nackten Tastkörperchen, einen physischen, schmerzenden Würgegesang. Und ein Herz, ein Herz voll wüster Liebe fühle ich, wie es Blut in diesen Gesang hineingießt und ihn füllt mit Siedehitze, immer heißer, zuckender und wütender, bis er birst und sich um mich, über mich, in mich hinein ergießt mit feuchter, warmer, dampfender Blutatmosphäre ...

Nein, es klingt anders: weiß, ganz weiß, hoch auf den höchsten Bergen geschmolzen. Im Strom fließt es hernieder ins Tal, lautlos glitscht es herab auf den breiten Eisfliesen und wird so weich und flüssig; ausgebreitet über tausend Bergabhänge, strömend über tausend nackte Felsen.

Ich höre es so mild, so weich, dies uralte Gnadenlied der nächtlichen Himmelsseligkeit mit den milden, tränenden Blicken ...

Und da geschah es!

Auf meiner Seele trauerflorumflossenen Acker fiel eine blasse Rose herab.

Ich weiß nicht, welchen Engels Hand sie mir zugeworfen, ich weiß nicht, welcher Lebenssturm sie mir zugeweht hatte.

Ist sie auf Gräbern im Schatten düsterer Trauerweiden geboren? Ist sie aus bleichen Strahlen längst erstorbener Welten gesponnen? Floß sie zu mir her auf silbernen Todeswellen weicher Nebeldünste?

Auf den weiten Acker meiner Seele ist die blasse Rose gefallen.

Zitternd dämmert hinter den Bergen in lichtem Golde die Sonne, und in wildem, verwegenem Bogen wölbt sich der Morgen empor.

Weib, du in mir. Ich – Du. Du – Ich.

Und in einander geschlungen wie die üppigen Triebe wilder Lianen, und in einander gefädelt wie des menschlichen Wirkens endlose Fäden, so ruhen wir, du Herz von meinem Herzen, Hirn von meinem Gehirn. –

Du mit den Knabenbrüsten –

Androgyne!

IX.

Und nun still, so still, daß jeder Ton in der Luft hängen bleibt, daß jeder Lichtstrahl in der Atmosphäre taub wird.

Kein Ton und kein Licht ...

Ich liege da, so weich gebettet, so still um mich herum, so weich und still.

Und dieses melancholische Dunkel, dieses lustmüde, kranke Dunkel mit den fieberheißen, pochenden Schläfen.

Die Rosen ganz welk. Wie sie zittern in dem düstern Flor des Dunkels, und in den Urnen ihrer Kelche ruht der Tod, und die Blätter fallen ab wie Töne einer berührten Saite ...

Und wieder seh ich dich wie einst, in deiner nackten Gliederpracht; doch du bist mir fern, und ich sehe dich an mit dem kalten Blick gestillter Brünste.

Mein großes Auge, die Weltensonne, hat dich aus der Dunkelheit herausgehoben. Mein kosmischer Wille hat in dir die Ewigkeit besucht. Du warst das lächerliche Spielzeug, das unter meinen Händen zum Fetisch, zum heiligen Idol wurde. Ich habe in dir die Lüste geweckt und dir ewig neue Reize angedichtet – doch jetzt ist mein Blick für dich erloschen, nicht mehr schlägt das Herz in den Rhythmen deiner Lust.

Nein, nein!

Du nicht, mit deines Leibes lockenden Lüsten.

Du nicht, mit deines Schoßes tierischer Brut.

Dich brauch ich nicht, und gleichgültig ist mir mein blonder Knabe, dies lächerliche Stück Unsterblichkeit ...

Doch Du in mir, Du meines Hirnes ewige Gefährtin, Du meines Herzens uferlose Macht –

Du nur, Du zerlegt in tausend Flächen, Du zerstäubt in tausende Stäubchen Duftreiz –

Du in Milliarden Lichtfunken –

Du, zersiebt, zerflockt, zerfasert in tausend Stimmungen, in tausend träufelnde Gefühle –

Du, die Abendröte über dem herbstlichen Feld –

Du, der mystische Reiz der Religionen, Du warst und bist meine Unsterblichkeit:

Du meine große, heilige Kunst!

Verschwunden ist mir deines Leibes Pracht und vergessen; doch Du in Mir bist der Aufgang einer neuen Welt. Neue Instinkte habe ich geschaffen, tausend schlummernde Organe zum Genuß erweckt, tausend neue Verbindungen in hundert Gehirnen gestiftet, und das alles seh' ich zeugen fort und fort, und das alles seh ich sich durch kommende Geschlechter mehren, und sehe neue Kulturen wachsen, und feinere Zuchtwahl seh ich tätig – in die Unendlichkeit des Menschengeschlechtes lebe Ich durch Dich ...

Und eine lange, weiche Hand seh' ich sich zu mir herüberschieben, wie Sternenlicht im Nebel dämmert sie aus der Dunkelheit.

Licht im Zimmer, – eine Gestalt in sonnenhafter Herrlichkeit:

Abel!

Wie bist du auferstanden von der Bahre? Habe ich dich nicht getötet?

Komm, komm, mein Herzensbruder – ein tiefes Geheimnis!

An den Brüsten Einer Mutter haben wir gesogen, von derselben Muttermilch sind wir stark geworden, wir Kinder des Sündenfalls.

Verstehst du, daß ich dich töten mußte? Herzensbruder, weißt du's?

Du warst das starke, jungfräuliche Ja in mir, die zeugungskräftige Sehnsucht, die wie das heilige Werde ein neues Chaos brauchte, sich zu offenbaren.

Ja, ich mußte dich töten; denn die Macht meiner Lüste, die nach neuen Brünsten ihre Hände ringen, war zu groß für die gesättigte Ruhe deines Urwillens.

Bruder, komm nahe; ganz, ganz nahe ...

Ich Kain, ich der große Geheimnisse geschaut, ich der Geist der Erkenntnis und des Bösen, ich älter als du, weil ich Sünde und Verbrechen bin, ich weiß es:

Wir Beide sind Fehlgeburten, unsre Mutter eine Afteroffenbarung, und er selber, der die Mutter gezeugt hat, ist der Hohn Eines, der da über ihm ist.

Ja: ER ist da, und in einen neuen Geschlechtswillen wird ER sich kleiden, bis du und ich Eines werden.

Abel, Abel, Du wirst Ich!

Doch jetzt still – still ...

Die Rosen so welk, und die pochende, fieberheiße Stille um mich ...

Komm, mein blonder Sohn du; komm, du mein winziges Stück Unsterblichkeit! Wir beide in der Grandiosität unserer Nichtigkeit, wir armen Erdenwürmer.

Du, ich, und das weiße, rotäugige Kaninchen ...

13. Nov. 93.

 tredition®

Über tredition

Eigenes Buch veröffentlichen

tredition wurde 2006 in Hamburg gegründet und hat seither mehrere tausend Buchtitel veröffentlicht. Autoren veröffentlichen in wenigen leichten Schritten gedruckte Bücher, e-Books und audio-Books. tredition hat das Ziel, die beste und fairste Veröffentlichungsmöglichkeit für Autoren zu bieten.

tredition wurde mit der Erkenntnis gegründet, dass nur etwa jedes 200. bei Verlagen eingereichte Manuskript veröffentlicht wird. Dabei hat jedes Buch seinen Markt, also seine Leser. tredition sorgt dafür, dass für jedes Buch die Leserschaft auch erreicht wird.

Im einzigartigen Literatur-Netzwerk von tredition bieten zahlreiche Literatur-Partner (das sind Lektoren, Übersetzer, Hörbuchsprecher und Illustratoren) ihre Dienstleistung an, um Manuskripte zu verbessern oder die Vielfalt zu erhöhen. Autoren vereinbaren direkt mit den Literatur-Partnern die Konditionen ihrer Zusammenarbeit und partizipieren gemeinsam am Erfolg des Buches.

Das gesamte Verlagsprogramm von tredition ist bei allen stationären Buchhandlungen und Online-Buchhändlern wie z. B. Amazon erhältlich. e-Books stehen bei den führenden Online-Portalen (z. B. iBookstore von Apple oder Kindle von Amazon) zum Verkauf.

Einfach leicht ein Buch veröffentlichen: **www.tredition.de**

Eigene Buchreihe oder eigenen Verlag gründen

Seit 2009 bietet tredition sein Verlagskonzept auch als sogenanntes "White-Label" an. Das bedeutet, dass andere Unternehmen, Institutionen und Personen risikofrei und unkompliziert selbst zum Herausgeber von Büchern und Buchreihen unter eigener Marke werden können. tredition übernimmt dabei das komplette Herstellungs- und Distributionsrisiko.

Zahlreiche Zeitschriften-, Zeitungs- und Buchverlage, Universitäten, Forschungseinrichtungen u.v.m. nutzen diese Dienstleistung von tredition, um unter eigener Marke ohne Risiko Bücher zu verlegen.

Alle Informationen im Internet: **www.tredition.de/fuer-verlage**

tredition wurde mit mehreren Innovationspreisen ausgezeichnet, u. a. mit dem Webfuture Award und dem Innovationspreis der Buch Digitale.

tredition ist Mitglied im Börsenverein des Deutschen Buchhandels.

Dieses Werk elektronisch lesen

Dieses Werk ist Teil der Gutenberg-DE Edition DVD. Diese enthält das komplette Archiv des Projekt Gutenberg-DE. Die DVD ist im Internet erhältlich auf **http://gutenbergshop.abc.de**

Zeitfracht Medien GmbH
Ferdinand-Jühlke-Straße 7
99095 Erfurt, Deutschland
produktsicherheit@kolibri360.de